UNE VIEILLE DAME

ET

UNE VIEILLE MAISON

PAR

M. CH. BOUCHET

La maison est un second corps
Que l'âme fait à son image,
Ainsi que le premier ; le sage
Sait la remplir de ses trésors.

Un poëte inconnu.

VENDOME

Typographie Lemercier & Fils

1878

+Y

UNE VIEILLE DAME

ET

UNE VIEILLE MAISON

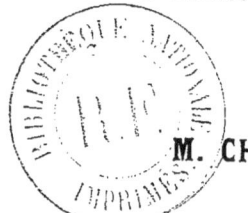

PAR

M. CH. BOUCHET

> La maison est un second corps
> Que l'âme fait à son image,
> Ainsi que le premier ; le sage
> Sait la remplir de ses trésors.
>
> *Un poëte inconnu.*

VENDOME

Typographie Lemercier & Fils

1878

A

LA BIEN CHÈRE MÉMOIRE

DE MADAME

Arsène RIVIÈRE-THORÉ

CH. BOUCHET.

UNE VIEILLE DAME

ET

UNE VIEILLE MAISON

I

Dans une ville calme, où nul bruit ne s'élève,
Où l'heure et le passant s'écoulent comme un rêve,
Où le fleuve lui-même en cheminant s'endort,
Surgit en un quartier désert, à demi-mort,
Une antique maison, grise, austère, pieuse,
Qui depuis deux cents ans, forme silencieuse,
Montrant la giroflée accrochée à ses toits,
Regarde vaguement par ses carreaux étroits.
Née avec le grand siècle, elle a, dans son vieil âge,
Conservé de ces temps un air de haut parage ;
On a dans ses salons causé de Despréaux
Et de Monsieur le Prince et de Monsieur de Meaux ;
Quand Louis, visitant son auguste domaine,
En carrosse doré se rendait vers le Maine,

Elle a — suprême honneur ! — vu passer le grand Roi,
Et s'est illuminée aux fêtes de Rocroi.

Sur un triple degré s'ouvre un long vestibule,
Où du nord au midi l'air s'engouffre et circule :
Il montre aux quatre coins de grands bustes jaunis,
Face à face étonnés de se voir réunis :
Une Pallas casquée, une sainte Thérèse,
Et près d'un fier Brutus, Henri-Trois dans sa fraise ;
Une très-vaste toile où l'on ne voit plus rien,
Qui, paraît-il, nous offre un port vénitien,
Une autre, sœur jumelle et non moins écaillée,
Ornent de tons douteux la muraille émaillée.

Dans une cour verdâtre, un puits avec son seau
S'abrite sous le toit d'une niche en berceau.
Sur la voûte posée, une sainte de pierre
Lit éternellement son livre de prière,
Tandis que, garnissant la profondeur du puits,
Mille herbes d'un vert sombre y pendent sans appuis.
Souvent froide et déserte, une vaste cuisine
Au-dessus de la porte étale une glycine
Dont les fleurs au printemps pleuvent à pleines mains ;
Partout ailleurs, sorbiers, capucines, jasmins,
Donnent un peu de joie à cette cour si triste.

Dans le fond, dessiné de la main d'un artiste,
Se déploie un jardin, une terrasse au bout ;
Sur cette plate-forme embellie avec goût,
Une forêt de fleurs, une large tonnelle,

Où se trouvent rangés — séance solennelle —
Moulés d'après David, en médaillons bronzés,
Les grands hommes de France, aujourd'hui bien usés.
Le plâtre, entendez-bien !.... Une Vierge, à l'entrée,
Mêle à tous ces héros sa présence sacrée. .
Que d'êtres bien-aimés se sont reposés là !
Que d'entretiens charmants de ceci, de cela,
Que d'heures de travail en cette humble retraite,
De souvenirs flottant sous cette ombre discrète !

Mais dans le logis même entrons quelques moments :
Partout, comme autrefois, de grands appartements,
Des planchers en caissons, de hautes boiseries,
De grands lits, des prie-Dieu, fines menuiseries ;
A l'étroit dans sa cage un rapide escalier
Monte comme un serpent autour d'un seul pilier ;
De tous côtés des fleurs, des tableaux, des gravures,
Des Heures, des albums, des Bibles, des brochures,
Des Christs. Tout parle ici d'art et de piété,
Et l'on doute lequel s'y voit le plus fêté.
On sent, quoique invisible, une âme solitaire,
Mais qui vit à la fois au ciel et sur la terre,
Un cœur qui tient au monde encor par un côté,
Et de l'autre déjà plonge en l'éternité.

Aux angles des salons, de blanches statuettes
Semblent s'entretenir dans des langues muettes ;
Une, d'un fier maintien, souvenir adoré,
Porte les traits frappants et le nom de Thoré ;

Ce village flamand, avec ses tons bleuâtres,
Où des toits crénelés on voit fumer les âtres,
C'est un Breughel. En face, une scène d'hiver,
Où la neige qui pleut met le frisson dans l'air.
Dans l'Ecole française, on voit le Mauvais riche,
Trônant dans son festin où le luxe s'affiche,
Tandis que le Lazare, à sa porte couché,
Par la pitié d'un chien est doucement léché.

    Deux portraits, en regard, attestent dans la vie
Deux époux qui marchaient sans chagrins, sans envie :
L'homme est brun, coloré, d'abondants cheveux noirs
Voilent l'éclat des yeux pareils à des miroirs ;
Dans ce corps si vivant brûle une double flamme,
L'Art et l'Amour — génie artiste, cœur de femme.
L'épouse est blonde et belle, une ombre de froideur
D'un abime moral cache la profondeur ;
Bien des pensers divers dorment sous cette glace ;
Le ciel triomphera. — Mais regardez en face :
Cette femme hautaine, en son cadre enfumé,
Tenant le chef de saint Jean, c'est la Salomé.
On dirait qu'un pinceau vénitien l'a prise
Avec son regard noir qui d'en haut vous méprise,
Ses splendides joyaux étincelants d'orgueil,
Et ce sang amoureux qui frémit sous votre œil.
Plusieurs crayons tracés d'une verve légère,
Beaux sites vendômois, sont d'une main bien chère.
Je revois les Grands-Prés et les tours du château,
Et le doux Loir où glisse un paisible bateau.
    Voici les bibelots : un fin chapelet d'ambre....

II

En ce moment s'ouvrit la porte de la chambre,
Et soudain du logis la maîtresse paraît.
C'est elle ! Elle est encor fidèle à son portrait :
Petite, noir vêtue et longue de visage,
Le front haut, l'œil perçant, bien prise en son corsage,
La main, le pied petits et fins, l'air sérieux,
Vous devinez sans peine avoir là sous les yeux
Une femme habitant beaucoup en elle-même,
Chose rare et qui donne une force suprême.
Elle dut rappeler, sous son double bandeau,
Les Vierges, au teint blond, de Sasso-Ferrato.
— « Vous admirez, dit-elle en entrant, mes richesses ;
Oui, ma pensée est là ; j'y sens moins mes tristesses.
L'Art, comme la Nature, est un consolateur,
Après Dieu toutefois, leur commun créateur.
L'Art, le voici : ce Faune, œuvre grecque, superbe !
La Nature : ces champs là-bas noyés dans l'herbe,
L'Art en Dieu, le voilà ; — contemplez ce trésor : —
Cet Ange saluant la Vierge sur fond d'or,
Où l'artiste, ange aussi, mit toutes ses tendresses
Et ses naïvetés. Ce sont là les adresses
Les plus sûres dans l'art ; les tiennes, Beato
Angelico, doux maître, et de toi, Giotto.

Au plaisir, à la vie élégante et légère,

Je ne suis point pourtant demeurée étrangère.
Parfois en ce salon, devenu plus joyeux,
Nous formons un nain-jaune, un whist silencieux,
Pâles distractions, mais qui rendent moins rude
Le sentier de ma peine et de ma solitude.
J'ai livré de mon âme, au monde les dehors,
L'intérieur à Dieu. Là sont mes vrais trésors. »
— « Nous le savons, lui dis-je, en ce lieu retirée,
De vos bienfaits, de vos souvenirs entourée,
Vous vivez, n'ayant rien de ces cerveaux étroits
Qui ne hantent du ciel que les petits endroits.
Votre pensée est large ! » — Oui, Messieurs, la souffrance
Est un grand maître et donne amour et tolérance.
Comme un arbre, à tous vents, voit tomber à ses pieds
Ses plus beaux fruits, j'ai vu mes douces amitiés
Encor jeunes tomber.... Sur des lèvres mourantes,
Oui, j'ai dû recueillir bien des âmes errantes,
Sur ce funeste lit, durant plus de six mois,
J'ai vu mon cher époux languir, mourir dix fois,
Et quand l'heure sonna du fatal sacrifice,
Il me fit éloigner par un tendre artifice,
Et si vous demandez, après un si long temps,
Ce que je fais encore en ce monde : J'attends !

www.ingramcontent.com/pod-product-compliance
Lightning Source LLC
Chambersburg PA
CBHW070805200626
46811CB00023B/2459